ATENTADO
y Otros Cuentos

por
Ramón Azarloza

authorHOUSE™

1663 LIBERTY DRIVE, SUITE 200
BLOOMINGTON, INDIANA 47403
(800) 839-8640
WWW.AUTHORHOUSE.COM

First published by AuthorHouse 11/30/05

ISBN: 1-4208-8556-1 (sc)

Printed in the United States of America
Bloomington, Indiana

This book is printed on acid-free paper.

A mi esposa, mis tres hijos, mis tres hijas y mis nietos .... pero, primero a Dios que me ha permitido vivir, tantos años, recibiendo el cariño de todos ellos.

Al lector:

No son estos cuentos: históricos, costumbristas o románticos. Son, simplemente, relatos de lo ocurrido a seres comunes y corrientes en ciertos momentos de sus vidas. Describir a los personajes y narrar los hechos son el objeto de éstos cuentos. Compartirlo con ustedes, los deseos de ....

El Autor

Verano

2005

INDICE

SOLO EL SILENCIO EN PREGUNTA

".... porque soy una parte del todo y ese todo es la gente, humilde y cercana, no encumbrada o ajena, la gente que late muy cerca, no la que se pasea por lugares exóticos, la gente llana, la gente flaca, la gente humilde, el barro amado de Dios."

1

Con sus pasos cortos y rápidos cruzó la calle en dirección al parque, atildado y compuesto, circunspecto y callado, sin otro movimiento en su cuerpo que el de sus pies que para llevarlo en aquella misma dirección de años, ejecutaban el mismo movimiento, con el mismo tiempo y ritmo, igual que las miles de veces anteriores.

Ajeno a todo su figura se desplazaba imitando a la sombra que proyectaba sobre la acera, quizás no tan larga, pero si tan tiesa, apoyada en la punta de hierro de un paraguas, ridículamente fino, que empuñaba su mano blanca y rugosa.

Cuando se detuvo en medio del parque, inmediatamente, se formó a su alrededor un aletear de plumas blancas y grises, y luego, picos rosados y duros golpearon el suelo con impaciencia, y después, más osadas, sus ropas y sus manos y alguna, más atrevida, sus hombros y el cuello.

Y él las dejó hacer durante algunos instantes, embriagado de felicidad. Luego abrió la bolsa que traía y lanzó al aire un puñado de granos.

Entonces ellas lo abandonaron y se disputaron a picotazos el alimento.

Y dentro de aquel alboroto y movimiento su figura alta y tiesa, vestida de negro, apoyada en trípode, no tenía más expresión que el juego nervioso y absurdo de unos ojillos negros que revoloteaban en sus cuencas, sin perder un solo detalle, sin despreciar un solo movimiento, sin que se les escapara un solo destello de luz de color o de sombra.

Y luego otra vez su rítmico movimiento, y su figura negra y tiesa que se alejaba rápidamente hasta perderse en una solitaria calle.

Y así todos los días desde hacía muchos años.

En la ciudad todos lo conocían, pero muy poco sabían de su vida, excepto que se llamaba Alfred Mueller y que trabajaba desde hacía muchos años en una casa alemana de importaciones. Vivía en uno de los barrios apartados de la ciudad, en el tercer piso de una modesta casa de apartamentos. Su vida solitaria, metódica y simple, falta absoluta de colorido, no le había procurado ni amigos ni enemigos. No se le conocían parientes y no hacía ni recibía visitas.

Regresaba a su casa por las tardes, después de su cotidiana visita al parque y no volvía a salir hasta la mañana siguiente para ir a su trabajo.

Era un viejecillo callado y tranquilo, tan infeliz que nadie le hacía caso ni se preocupaba por él. Tal vez en el parque era el único lugar donde recibía un poco de atención y cariño, no falto de interés, por aquellas que recibían su presencia todas las tardes, sin faltar una, con avidez y regocijo.

En realidad el parque era el eje y centro de su mundo gris. Los minutos que pasaba por las tardes junto a ellas y las horas plácidas de los fines de semana en que gozaba su presencia, eran lo único amable y dulce de su existencia.

*****

Una de aquellas tardes cuando el Sr. Mueller llegó al parque encontró que una de sus esquinas estaba cubierta por tractores y perforadoras. Todo aquel equipo, extraño y poderoso, pugnaba con la tranquilidad y sencillez de aquel lugar, y con el mismo asombro y desagrado con que lo observaba el anciano, ellas, desde arriba, volando en círculos, asustadas y temerosas, lo contemplaban también.

Más, cuando vieron al anciano, el miedo descendió junto con sus cuerpos y las caricias se hicieron más impetuosas y su apetito fué más voraz aquel día, tal vez por la agitación y el sobresalto.

El Sr. Mueller antes de abandonar el parque miró detenidamente el equipo que habían dejado junto a la caseta a medio construir y luego se acercó al hombre que estaba junto a ella, con facha de sereno y le preguntó qué significaba todo aquello.

El sereno abrió la boca, desprendió el cabo de tabaco que apretaba entre los dientes, y con el mismo resto de fuma, chupado, mordido y salivoso, le indicó un gran cartel que habían puesto justamente al otro lado del parque.

Para leerlo el Sr. Mueller se caló unas gafas de cristales pequeños, montados al aire. A medida que avanzaba en la lectura su ceño se fruncía y su mano blanca apretaba con movimientos nerviosos la empuñadura del paraguas.

El anciano se alejó caminando muy despacio, como si sus ágiles pies le pesaran un poco y en dos o tres ocasiones se volvió y, apoyado en su paraguas, contempló de nuevo el parque y a ellas que volaban en círculos allá arriba.

Al día siguiente volvió un poco más temprano que de costumbre y desde unas cuadras antes el sonido inconfundible de las perforadoras descompusieron sus gestos y la uniformidad y el ritmo de su andar. Aquel día no logró que ellas bajaran a comer sus granos.

Con desconsuelo miró primero al cielo y después la punta de sus zapatos que se alejaban lentamente y que se detenían a veces, para volver a andar después, un poco más despacio y más cansados.

Y aquella noche no pudo dormir, ni tampoco las siguientes.

Y al tercer día el Sr. Mueller inició una lucha desesperada, una campaña tenaz e infatigable a la que dedicó todas sus horas libres y todos sus escasos recursos pero que, lamentablemente, no tuvo éxito.

La ciudad crecía, había necesidad de descongestionar el centro y aquel parque en el extremo de la misma era el espacio indicado para trasladar la Gran Terminal de Omnibus que entorpecía y afeaba el centro de la Capital.

Pero al Sr. Mueller no le importaba el crecimiento de la ciudad, ni los proyectos del gobierno sobre urbanismo. Que hicieran y deshicieran en toda ella pero que dejaran aquel parque tal como estaba, sin añadir ni quitar nada, sin molestarlas a ellas.

En su lucha estéril visitó redacciones de periódicos y revistas y cursó telegramas a funcionarios del Gobierno y agrupaciones culturales y religiosas e insistió, una y otra vez, con las Sociedades que se titulaban protectoras de tal o cual especie del reino animal. Pero todo fué inútil.

Luego, en última instancia, acudió al Cónsul de su nación y después de varias visitas infructuosas logró hablarle personalmente. El Cónsul sonrió con disimulo al conocer el motivo de la entrevista y cogiéndolo del brazo lo llevó a uno de sus auxiliares, el cual se burló de su idea ridícula y llamó al portero que lo puso en la calle sin mayores miramientos.

Y entonces el anciano dió vuelos a su desesperación y surgieron aquellos discursos del viejecillo a sus amigas, aquellos monólogos tristes en que les contaba sus trajines y sus vanos esfuerzos para evitar aquel desalojo inícuo.

Pero ellas lo contemplaban desde arriba, sin atreverse ya a bajar, mirando asustadas como caían uno a uno los árboles que les servían de refugio, como horadaban y destruían el césped que les servía de alfombra para sus juegos, como ensordecían el aire con ruidos extraños y violentos que arrancaban nubes de polvo y lluvia de piedras.

Al anciano se le rompía el corazón y un nudo le apretaba los flacos pellejos del cuello. Una rabia impotente crispaba sus manos, sus uñas arañaban la empuñadura del paraguas y una angustia indescriptible le inundaba el alma y, con la pena agobiadora y el sentimiento estrujado, monologaba solitario en el centro del parque con sus amigas ausentes.

*****

Y así una tarde, abstraído y confuso, fuera del mundo cruel que lo rodeaba, fue sacudido violentamente por la voz ronca del sereno del parque que lo llamó con el grito acompañado del gesto. El anciano lo miró sin decidirse, pensando que la llamada era una broma más, otra burla, otro escarnio. Pero no tenía valor para resistir el gesto imperativo y acudió a su llamado.

—Mire, no se canse llamándolas, aquí hay dos.

9

El anciano se acercó un poco más y vió al sereno agachado frente a una pequeña hornilla, calentando aceite en una sartén abollada y señalándole con el cabo apestoso del tabaco dos cuerpecillos frágiles que reposaban en el suelo, sin plumas y con el vientre abierto, listas para el aceite hirviendo.

El Sr. Mueller sintió un espasmo y luego un calor que le subía de los pies, en ascenso vertiginoso, a las piernas, a la cintura, al pecho, y cuando el calor llegó a sus ojos no supo nada más. Pero algunos curiosos vieron como levantó el paraguas y con un movimiento rápido y certero, ajeno a aquel cuerpecillo endeble, lo abatió sobre la cabeza del sereno, volcó a patadas la hornilla y recogiendo los cuerpos chorreando sangre, sin plumas y sin vida, acunándolos en sus brazos temblorosos, se alejó rápidamente.

*****

Dos días después, la encargada del edificio donde vivía el señor Mueller, vió extrañada cómo introducían en la habitación del anciano tres cajas grandes de cartón con agujeros en los costados.

Aquel día el Sr. Mueller no abandonó su habitación y a la mañana siguiente, cuando el señor Mueller abrió la ventana de su cuarto, multitud de alas trepidaron dentro de la habitación y docenas de cuerpos de plumas blancas y grises salieron raudas por la ventana, volaron largamente sobre el edificio y luego unas regresaron y otras se detuvieron a descansar, en hileras simétricas, sobre el alero del edificio cercano.

El Sr. Mueller, desde el marco de la ventana, contemplaba con ojuelos risueños y satisfechos, con sonrisa bonachona y semblante feliz, el loco jugueteo de sus amigas.

Pero duró poco la felicidad en su rostro.

Primero fue un vecino al que le molestaba todo, después otro, y luego otro; después una queja formal, luego otra queja y por último un aviso final.

El Sr. Mueller no sabía qué hacer, a todos decía que si y les pedía disculpas, y se ponía nervioso y miraba asustado todos los rostros y después se escurría silencioso por las escaleras de atrás para no darle frente a las quejas, para no dar la cara a aquellos rostros airados y coléricos.

Y entonces, finalmente, vino la visita de aquel hombre del Juzgado y la boleta blanca de la citación.

*****

Los vecinos sintieron aquella noche que el Sr. Mueller hablaba en voz alta, en un monólogo entrecortado, en un idioma gutural y extraño, salpicado de interjecciones, sacudido por risas cortas, sollozos y débiles gemidos. Y luego, ruidos extraños, aleteos y persecución.

Hasta que la voz de un vecino gritó asomándose por una ventana.

— ¡Basta ya, déjenme dormir!

Y luego silencio.

Y silencio al día siguiente por la mañana, y por la tarde, y por la noche, y al otro día por la mañana también silencio.

Entonces la encargada del edificio quiso abrir la puerta de la habitación del Sr. Mueller, pero no pudo y llamaron a la Policía que la derribó.

Dentro de la habitación, en una confusión terrible, habían treinta y seis cuerpos, en la alfombra, ó encima de los muebles, ó en las cajas de cartón, con los cuellos retorcidos.

Y otro cuerpo, débil y flaco, circunspecto y callado, atildado y compuesto, en la cama, reposando tranquilo, con los ojos cerrados y las manos cruzadas sobre el pecho. Y en sus labios, no el rictus de la muerte, una sonrisa plácida, feliz, como si él y sus queridas palomas .... estuvieran recibiendo a Dios.

EL BARRIO TRISTE

Y llegó un día en que su naturaleza despertó violentamente, rugió ensoberbecida, y sacudió con rabia las cadenas que la ataban; y ella, incapaz de calmar su furia, cedió a sus bastardos deseos y se internó abochornada y confusa en el valle de las sombras.

El tiempo transcurría lentamente. El sol de la tarde calcinaba sin piedad las paredes de la casa de enfrente y el resplandor era tan fuerte que Dalia bajó un poco las persianas para que no le molestara. A través de ellas podía ver la calle, cortada en franjas paralelas y simétricas.

Hacía más de una hora que estaba en aquella persiana pero no se impacientaba, siempre sucedía igual en aquellas horas que mediaban entre las dos y las cuatro de la tarde.

Algunos hombres pasaban frente a su ventana. Subían o bajaban por la calle. Unos iban de prisa, otros caminaban despacio y alguna vez se detenían a mirar a través de un postigo o de una puerta entreabierta.

Dalia tomó de una mesa una caja de cigarrillos, prendió uno, aspiró profundamente y volvió a su sitio. El humo fue saliendo lentamente de su boca y pasando a la calle.

Estaba aburrida y triste y casi siempre que esto le sucedía le asaltaban aquellos recuerdos del pasado en sucesión de imágenes fugaces.

*****

El día que conoció íntimamente a Gerardo Leyva fue el más feliz de su vida a pesar del miedo que sentía por lo que había hecho. Después las semanas transcurrieron rápidamente; para ella solo tenían dos días, los que pasaban juntos. Después solo tuvieron un día y más tarde hubo muchas semanas sin días.

Cuando se cansó de esperarlo abandonó su familia y su pueblo y vino a la ciudad.

El trabajaba en una empresa de ómnibus que hacía viajes al interior. Fue todos los días durante una semana a esperarle. Se pasaba las horas aguardándolo, no preguntaba a nadie por él, le daba vergüenza. Por la noche regresaba a la casa de la amiga donde estaba viviendo, angustiada por la vana espera, desfallecida por la debilidad.

Al cabo de la semana lo vio. Vino hacia ella sin demostrar sorpresa ni alegría, le preguntó que hacía allí, luego la tomó por el brazo y la llevó hasta la cafetería de la esquina. Se sentaron frente a una mesa.

Ella estaba confusa y no sabía como empezar la conversación, él la miraba y callaba.

—Gerardo —le dijo de repente— voy a tener un hijo.

El la miró entre incrédulo y mortificado.

Después de un rato le preguntó:

— ¿Cuántos meses tienes?

—Creo que tres.

Gerardo se soltó de la mano que le oprimía el brazo, echó azúcar en la taza de café que le servían, la revolvió lentamente y se la bebió.

—Tu sabes que lo nuestro ya se acabó —dijo sacando el pañuelo y pasándoselo por la boca.

Ella no le respondió.

—Yo me caso el mes que viene —le dijo de súbito.

Ella lo miró a los ojos, sus labios se entreabrieron para decir algo, un sollozo reprimido salió de su garganta, se llevó la mano a la boca para contenerlo.

Después de un rato, tímidamente, preguntó:

— ¿Qué va a ser del niño?

El pensó un momento, luego sacó la cartera y extrajo tres billetes de diez pesos, los puso sobre la mesa y los empujó hacia ella.

—Todavía es tiempo, yo conozco a una mujer que por veinte o treinta pesos te arregla ese asunto.

Ella lo miró con rabia, con asco, con amargura infinita, sintió deseos de coger los billetes y tirárselos a la cara.

Lo miró a los ojos, él desvió la vista. Miró los billetes, se levantó bruscamente y se fue llorando.

Gerardo la siguió con el dinero en la mano, llamándola, pero ella no volvió la cabeza una sola vez.

La ciudad era muy grande y ella no conocía a nadie, no tenía dinero ni empleo y estaba embarazada.

*****

En la casa donde vivía le dijeron que fuera a una "Agencia de Colocaciones" y allí fue, pero había que dar un peso para inscribirse. Empeñó la cadenita que llevaba al cuello y lo pagó. A los tres o cuatro días le consiguieron colocación en una casa para servir la mesa, limpiar y lavar. Le daban quince pesos mensuales, era poco, pero también le daban la comida y un cuarto.

Aceptó y estuvo trabajando en la casa dos meses.

Un día la señora le dijo:

—Hija mía, tu estás embarazada.

Ella bajó la cabeza.

Al día siguiente la despidieron.

Otra vez se encontraba sola y desamparada. Tenía veinte pesos y siete meses de embarazo.

Quiso volver a la casa de la amiga pero le había llegado un pariente del interior y no tenían dónde alojarla.

Consiguió un cuartito en una casa de vecindad y empezó a buscar una nueva colocación.

Fue a muchas casas pero en ningún sitio la quisieron al ver lo avanzado de su estado.

Transcurrió un mes y luego quince días más. Se le había terminado el dinero y estaba a punto de dar a luz.

La mujer que vivía en el cuarto de al lado tuvo lástima de ella y le habló a su marido, que era chofer de un concejal, y le consiguieron una carta de recomendación para el Hospital.

Allí dió a luz una niña. Cuando salió tenía casi nueve pesos, producto de una colecta que le hicieron.

*****

Siempre se acordaba con gratitud de López, el dueño de la tintorería "F....", porque fue el único hombre que la ayudó desinteresadamente. Tenía que planchar ocho horas durante cuatro días a la semana, era un trabajo duro pero que le daba para ir viviendo. Lo que más le dolía era estar separada todo el día de su hijita, pero una viejita que vivía cerca se le brindó para cuidársela mientras ella estaba trabajando. Un día se enteró, al principio no podía creerlo, pero se convenció por si misma. La viejita le daba la niña a una pordiosera que la utilizaba para inspirar lástima, pidiendo limosnas en la calle con ella en los brazos.

Abandonó el trabajo en la tintorería y trató de colocarse de sirvienta en alguna casa donde le permitieran tener la niña a su lado, pero pasaron los días y las semanas y no encontró colocación. Entonces su situación se hizo desesperada. Estaba demandada y no tenía un centavo.

Muchas veces estuvo en los portales frente a la "Casa de Beneficencia", apretando su criatura entre los brazos, mirando fijamente las amarillas paredes. Una vez cruzó la calle y se acercó al torno, una mujer venía caminando por la acera y la vio, le dio vergüenza y sintió asco por lo que iba a hacer. Echó a correr apretando la niña contra su pecho.

*****

Entonces conoció a Ramírez, un modesto empleado público, mucho mayor que ella. Era casado pero estaba separado de su mujer.

Ramírez le alquiló una casita y la amuebló con un poco de dinero que tenía ahorrado. Dalia no estaba enamorada de él, ni tan siquiera le gustaba, pero le agradaba tener a su lado un hombre bueno que la quería y atendía a todas sus necesidades.

Vivieron en armonía durante unos meses, pero los celos de Ramírez hicieron intolerable la vida en común.

El la amenazó con matarla si volvía a verla hablando con Lucas, un joven que había conocido recientemente, y ella se rió.

Una tarde Ramírez llegó a la casa mas temprano que de costumbre y se encontró a Lucas sentado en la sala. Loco de celos se abalanzó sobre él, lo golpeó y fue a la cocina a buscar un cuchillo para matarlo, pero al llegar a la cocina cayó víctima de una embolia. Tardó varios meses en curarse y quedó parcialmente paralítico.

Durante la enfermedad de Ramírez, Dalia intimó con Lucas.

Cuando Ramírez salió de la Quinta y volvió a la casa comprendió lo que existía entre ellos y no dijo nada. El ya era un hombre inútil.

Una tarde lo encontraron ahogado en la bañadera. Los médicos certificaron accidente.

Lucas era un muchacho joven, simpático y bien parecido. Vestía siempre con elegancia y afectación y, aúnque no trabajaba, siempre tenía dinero. No le había sido difícil conquistar a Dalia porque ella se había enamorado de él.

El fue quien la llevó a la "vida fácil" y la explotó miserablemente durante más de un año.

*****

Y allí estaba, tras aquella persiana, sola en su triste presente, recordando siempre con amargura los tiempos felices de su niñez, maldiciendo aquella ciudad grande y perversa, como si ella fuera responsable de sus errores y desgracias.

Ya no quería saber nada más con ningún otro hombre ahora todo lo que ganaba era para ella, no lo compartía ni se lo daba a nadie. Pagaba los ochenta pesos que le cobraban por mantener y educar a su hijita, cubría sus gastos y el resto lo guardaba en el banco.

A nadie había confiado sus planes. Cuando pasaran unos años se iría con la niña a los Estados Unidos u otro país donde nadie la conociera, y allí abriría un negocio de restaurante, parecido al que su padre tenía allá en el pueblo. Se convertiría en una señora respetable y viviría decentemente, sepultando en el olvido toda su vida anterior. Su hija iría a un buen colegio de señoritas y recibiría una educación como tal, nunca llegaría a saber lo que fue su madre.

*****

Un hombre se había detenido frente a su persiana y la miraba, tratando de apreciar sus cualidades. Ella abrió la puerta, el hombre entró y la contempló sonriente. Ella cerró la puerta, le pasó el brazo por la cintura y lo llevó a su habitación.

*****

La vitrola del bar de la esquina tocaba por vigésima vez la canción de moda. Un billetero pregonaba en medió de la calle sus números. Algunos hombres recorrían las calles volviendo las cabezas a un lado y otro, deteniéndose a veces frente a una ventana o una puerta.

Hombres jóvenes y hombres viejos, hombres buenos y hombres malos, todos mezclados, todos diferentes, todos iguales.

En las casas, detrás de las persianas o asomadas a las puertas entreabiertas, las mujeres los miraban insinuantes. Pobres mujeres de rostro pintado y pelo teñido que por un par de pesos vendían escasos minutos de placer. Pobres tragedias humanas con máscaras de comedia. Pobres mujeres perdidas.

Oscurecía, una sombra cada vez más negra envolvía las casas, envolvía los hombres, envolvía las calles de aquel barrio triste.

LA LINGADA

Entonces yo era muy joven, apenas 20 años, y trabajaba como inspector en los barcos de una compañía naviera. Cuando descendía a la bodega del buque, ocho pares de ojos me miraban fijamente, con recelo, con rencor.

Eran ocho hombres con los anhelos, las pasiones y los temores, brotándoles por los poros, mezclados con el sudor fuerte.

La voz monótona, en tono alto y uniforme cantaba los números de la lista: 346, 347, 348 .... Elpidio Chávez estaba sentado en las escaleras del viejo y sucio edificio donde radicaban las oficinas del Control de Estibadores, en La Habana vieja. Tenía la vista fija en la plazoleta de Luz, pero no le distraía el espectáculo familiar que se desarrollaba ante él. Estaba atento a la voz fuerte que se proyectaba del altavoz. De un momento a otro iban a llamarlo, su número estaba cerca.

Elpidio Chávez en poco o nada se diferenciaba de los otros estibadores que ocupaban la mayor parte de las escaleras, sentados o tirados sobre ellas, o de los que estaban más abajo, en los contenes de las aceras. Era un hombre delgado, de miembros largos y nervudos. La piel cobriza asomaba por los bordes de la chaqueta de faena, desabotonada en su totalidad, dejando ver la camiseta de un blanco ceniciento, sobre la cual reposaba una medalla grande y redonda pendiente de una gruesa cadena de oro. La gorra, hundida hasta los ojos, casi le ocultaba el rostro cetrino picado de viruelas y de sus ojos solo se percibía un brillo relampagueante cuando se volvía hacia dos hombres que estaban sentados unos escalones más abajo.

El fulgor de esos ojos destilaba un rencor profundo al fijarse alternativamente en las espaldas de aquellos y en su boca se dibujaba una sonrisa de desprecio, único indicio de los pensamientos que agitaban su mente y que iban del presente al pasado, tendiendo un puente de odio entre sus recuerdos.

Elpidio Chávez pensaba .... No hacía mucho tiempo allá en Guantánamo y miraba al más pequeño de los dos hombres, y su mirada se hacía feroz, pero luego volvía a sonreír con desprecio.

—"Qué cosas tiene la vida —se decía— antes tu estabas arriba y yo abajo y ahora estamos iguales". Y le parecía estar mirando a aquel Aduanero, que por su estatura ridícula llamaban "Recorte", paseándose por el muelle de Boquerón allá en Guantánamo.

—"Era un tipo malo, jamás perdonó a nadie, siempre la cochina ley era lo primero".

—"Julio Ramos, me la pagarás algún día" —le había gritado en el juicio cuando lo condenaron a cumplir un año y seis meses por contrabando.

—"Ya lo creo que me las paga" —y rió entre dientes— "ahora estamos iguales".

—"De qué le habrá servido su honradez. ¿Cuándo lo botarían, antes o despúes que se fue "el viejo"? Que más da, lo importante es que lo hicieron y que ya no es más el Aduanero inflexible, ahora es un estibador como yo".

—"Qué fenómenos tiene la vida, ni que el mismo diablo me lo hubiera puesto aquí".

*****

La voz seguía llegando por los amplificadores, fuerte, monótona, cansona, dando números y diciendo nombres. Grupos de estibadores abandonaban los portales de la vetusta casona. Unos se encaminaban por la Alameda hacia los muelles de Paula y Atarés, otros atravesaban la plazoleta de Luz y se dirigían a los muelles de Santa Clara y San Francisco. Eran grupos de hombres abigarrados que hablaban en voz alta mientras caminaban contoneando los hombros. Algunos vestían pantalones y chaquetas azules, otros llevaban bajo el brazo la ropa de faena y todos tenían cubierta la cabeza con gorras o sombreros y a la espalda, o a un costado, mordido por el cinturón, el gancho, retorcido y agudo, herramienta indispensable del oficio.

Hacía un mes que Julio Ramos, el ex-aduanero, reportaba a la lista de estibadores. Elpidio no se explicaba como había conseguido un número en ella, pero no le importaba. Pero lo que tampoco se explicaba, y eso si le importaba, que relación había entre Ramos y ese idiota al que llamaban "El Ronco" que siempre estaba pegado a él. Aquello dificultaba sus planes.

El "Ronco" era un tipo de cuidado, lo había comprendido el día que fue a cobrarle los veinte pesos que le había prestado a garrote, con la guapería con que solía urgir a los que les debían dinero. El "Ronco" le dio un empujón que lo hizo rodar por el suelo. Elpidio sacó el gancho ...... pero no llegó a usarlo, su oponente tenía una estatura heróica y una musculatura enorme, de frente no podía con él. Recogió los veinte pesos que le tiraron y procuró tragarse el odio que le tenía y evitar cualquier encuentro hasta que se le presentara la ocasión de vengarse.

*****

Julio Ramos y el "Ronco", cuyo nombre era José del Rosario Valdés, trabajaban por lo regular en la misma cuadrilla pues tenían números contiguos. Elpidio se hubiera explicado la devota amistad que el "Ronco" sentía por Julio Ramos si hubiera sabido que varios años atrás, el "Ronco" tuvo un accidente que le mantuvo hospitalizado durante más de seis meses. Durante aquel tiempo Julio Ramos cuidó que la madre de éste no pasara necesidades, en consideración a que la vieja había servido en la casa de sus padres mucho tiempo y su familia apreciaba a la pobre mujer. Además, cuando salió del Hospital, Ramos le dió dinero para venir a La Habana a buscar trabajo ya que en Guantánamo no lo conseguía.

El "Ronco" a consecuencia del accidente tenía bastante atrofiada la facultad de hablar y su modo de ser acusaba indicios de imbecilidad. No poseía una gama de sentimientos muy extensa y odiaba con violencia o quería con humildad y como Ramos era acreedor a ésto último, se vió asediado, desde que ingresó en la "Lista de Estibadores", por las demostraciones de afecto de aquel que se desvivía por prestarle el más insignificante servicio, tal vez pretendiendo con ello demostrarle su gratitud.

Y ésta era la causa por la que Elpidio Chávez siempre los viera juntos, constituyendo la pareja más disímil que pudiera imaginarse.

Julio Ramos era bajito, extremadamente bajito y más bien delgado, tenía la frente despejada con profundas entradas sobre la cabellera negra, facciones regulares y un modo peculiar de hablar en tono mesurado y bajo.

El "Ronco", por el contrario, era alto y fornido, con músculos que abultaban bajo su piel negrísima; su rostro, feo y tosco, se volvía grotesco con las contracciones que hacía al pretender hablar logrando tan solo emitir sonidos guturales que resultaban incomprensibles. Sus compañeros lo tenían por idiota de nacimiento y a distancia se mofaban de él, pero era buen trabajador y no molestándolo resultaba buen compañero.

*****

Julio Ramos y el "Ronco" estaban de suerte aquella tarde pues en la última llamada del Control los designaron para trabajar en un barco que iba a empezar a cargar azúcar.

A la una menos cinco descendían por la escotilla No. 3 disponiéndolo todo rápidamente para iniciar la faena. Cuando la tarea era descargar un buque las cosas podían hacerse despacio, pero cargar azúcar era a destajo, mientras más sacos metieran abordo más dinero ganarían.

El barco que les tocó era uno que ostentaba en la popa el pabellón nacional, prestando servicio de travesía entre Cuba y puertos del sur de los Estados Unidos. Era un buque viejo y maltrecho que a duras penas lograba conservar la clasificación del Lloyds para seguir navegando.

La escotilla No. 3 era la última hacia la popa. Estaba dividida en dos por la bóveda que cubría el túnel por donde pasaba el eje de la propela. Desde la cubierta la bóveda parecía un gusano de hierro que se arrastraba por las entrañas del buque, pero la plataforma era más alta que un hombre y de sus lados inferiores partían las cuadernas del casco que se proyectaban hacia arriba encerrando en un fuerte abrazo de hierro los costados del buque.

Julio Ramos y el "Ronco" se habían colocado de pie sobre la plataforma para recibir las lingadas de sacos de azúcar y los otros compañeros, a ambos lados, esperaban que éstos llegaran para comenzar la labor, gesticulando y maldiciendo porque los del muelle no se daban prisa y aquella demora les estaba costando dinero.

Elpidio Chávez no trabajaba propiamente como estibador, manejaba las maquinillas encargadas de manipular la carga. Cuando se calzó las guantes y abrió la llave del vapor para comenzar la faena vio directamente debajo de él, por el cuadrado boquete de la escotilla, en el fondo de la bodega, a Julio Ramos y al "Ronco" que impacientes miraban hacia arriba.

Un estremecimiento de júbilo y de miedo al mismo tiempo recorrió su cuerpo. Al fin se le presentaba la oportunidad que tanto había esperado. Mientras el gancho descendía por el costado del buque para recoger la lingada de quince sacos que la maquinilla llevaba desde el muelle hasta el fondo de la bodega, la mente de Elpidio Chávez trabajaba febrilmente. Maquinalmente a la voz de "iza" abrió la llave del vapor y la lingada se despegó del muelle con el peculiar crujido de las sogas y lonas que envolvían y apretaban los sacos. La maquinilla resoplaba por el esfuerzo de elevar hasta la borda del buque los quince sacos de azucar.

La misma voz gritó "vira" y fue seguida por el sacudimiento de los puntales y el estrechón de los cables de acero que obligaron a la lingada a deslizarse paralela a la cubierta del buque hasta quedar suspendida sobre la boca de la escotilla que, cual fauces de voraz animal, se impacientaba por recibir el dulce bocado. La lingada se precipitó hacia abajo velozmente y se detuvo con brusco sacudimiento a cinco metros escasos sobre las cabezas de los que estaban de pie, sobre la plataforma de la bóveda del túnel, para luego descender lentamente.

Rápidamente las manos de Julio Ramos y del "Ronco" la liberaron del pesado gancho mientras los otros estibadores, saco a saco, robaban su preciosa carga para estibarla en la bodega.

Elpidio realizaba toda ésta operación en menos tiempo del que se emplea en narrarla, mecánicamente, sin prestarle apenas atención, con la seguridad y la práctica del que lo ha venido haciendo durante largos años. En realidad su mente estaba muy lejos de la faena que ejecutaba, envuelta en recuerdos de cosas pasadas. Sus labios se movían al compás de los pensamientos y palabras incoherentes brotaban de ellos. Se veía en el juicio acusado por el aduanero Julio Ramos y condenado por el juez de voz reposada y gesto enérgico; y luego en la cárcel. Y qué malos recuerdos le traía aquella condena, no porque fuera la primera, sino porque aquella le había costado perder a la "guajira" y el negocio de garrote que tenía.

—"La guajira, la muy hija de ...., mientras estaba en la cárcel se "echó" otro marido y entre los dos me "levantaron" todo el dinero que tenía prestado en la calle".

—"Hija de .... —volvió a murmurar entre dientes— si algún día te encuentro te juro que te voy a "picar de arriba abajo."

Pero no era a ella a quien le echaba la culpa. Aquel hombrecito insignificante que estaba allá abajo a escasos metros de él, era el que la tenía. Si aquella vez no hubiera sido él quien lo denunciara, todo se hubiera arreglado como otras veces. Pero su mala suerte había querido que tropezara con él y de nada le valió el soborno, ni las suplicas, ni las amenazas, para que se lo llevaran preso.

—"Asco de tipo" —y escupió en el suelo con desprecio.

Lo odiaba con furia, con rencor sordo, con rabia, y el tiempo transcurrido no había hecho disminuir la obsesión de aquellos sentimientos.

*****

La maquinilla jadeaba con sofocación al subir la lingada y luego daba un suspiro de alivio cuando Elpidio soltaba el pedal del freno y se precipitaba hacia abajo por el agujero de la escotilla. Se estaba trabajando muy rápido, aún no habían terminado los estibadores de retirar de la plataforma el último saco de una, cuando, en el muelle, otra nueva estaba preparada para ser izada.

Elpidio Chávez sudaba copiosamente, pero no a causa del trabajo sino del miedo. En su cerebro luchaban el deseo de venganza y el miedo en una batalla desigual y agotadora que trascendía al exterior en los estremecimientos que sufría su cuerpo, en la lividez del rostro, en la humedad que empapaba la palma de sus manos. Tenía que hacer un esfuerzo supremo cuando pisaba el pedal del freno porque las rodillas le temblaban y una sensación de malestar en el bajo vientre lo hacia maldecirse y rabiar contra su propia cobardía.

Sin embargo, aquella era la oportunidad que había esperado durante tanto tiempo. Sus dos enemigos estaban allá abajo, indefensos, a su merced. Aquello era tan fácil que no se explicaba como no lo hacía inmediatamente. Solo tenía que suspender la lingada directamente sobre ellos y esperar un momento de descuido, cuando nadie mirara hacia arriba, luego separar bruscamente el pie del freno y la lingada se precipitaría con furia siniestra sobre sus espaldas sudorosas aplastando sus cuerpos y triturando sus huesos. El gritaría "cuidado abajo", cuando ya no hubiera remedio y luego diría que fue un accidente, y había posibilidades que lo creyeran, pues aquellas maquinillas estaban muy viejas y desgastadas.

¿Pero, si la policía no creía en lo del accidente, y si traían un técnico para que examinara la maquinilla?

El miedo lo hacia vacilar. Tenía la garganta reseca y se pasaba continuamente la lengua por los bordes de la boca paladeando las gotas de sudor, espeso y salado, que le corrían hasta los labios.

¡Que fácil sería ahora! La lingada estaba suspendida sobre la boca de la escotilla, su pie derecho se apoyaba en el pedal del freno. Solo tenía que levantar el pie y la lingada se precipitaría sobre ellos. Tres cuartos de tonelada les caerían encima aplastándolos sin remedió. Ya sus ojos podían ver los dos cuerpos destrozados, aplastados bajo los sacos. El azúcar mezclado con la sangre, la sangre de sus dos enemigos.

Allí estaban, aquel era el momento.

—"Ahora o nunca" —Se dijo— y quitó el pie del pedal del freno.

La lingada se precipitó rugiente. Elpidio cerró los ojos. Un grito ahogado y luego voces y maldiciones se oyeron confusamente.

— ¡Un accidente!, ¡un accidente! —gritaron algunos trabajadores precipitándose sobre el borde de la escotilla.

Abajo había una gran confusión, varios estibadores se habían lanzado sobre la lingada echando a un lado el gancho, apartando los sacos y buscando entre ellos las víctimas.

Elpidio se proyectaba sobre el borde de la escotilla en forma tal que su cuerpo casi colgaba fuera de ella, gritando histéricamente:

— ¡Un accidente!, ¡un accidente! .... ¡se zafó la lingada!

Dos obreros empezaron a descender por la escala de gato de la escotilla pero, cuando habían bajado cuatro o cinco peldaños, empezaron a ascender de nuevo. Un hombre subía pausadamente por ella, empujando hacia arriba a los que descendían. El torso semidesnudo se hacía mayor a medida que subía. Los músculos de sus brazos se dilataban por turnos a medida que se valía de ellos para izarse. Una mancha rojiza envolvía su hombro izquierdo empapando la camisa desgarrada. El sudor brillaba sobre su piel de azabache, pero más brillaban sus ojos fijos en lo alto, con fijeza de idiota con fijeza de muerte, en el hombre que se agitaba en el borde de la escotilla gritando frenéticamente:

— ¡Un accidente!, ¡fue un accidente!

Pero su voz se quebró como un cristal al impacto de aquella mirada. Retrocedió lentamente, lleno de miedo, sus piernas trastabillaron e hizo un esfuerzo para no caer.

—No, "Ronco", yo no fui .... yo no tuve la culpa.

Pero el "Ronco" no hacía caso de sus palabras, su boca se contraía en una mueca, sus facciones tenían una expresión bestial. Caminaba lentamente, nadie se atrevía a interponerse en su camino. La sangre descendía lentamente del hombro desgarrado, corría por todo el brazo, se columpiaba en la punta de los dedos y caía al suelo marcando con nitidez el camino seguido por el verdugo.

Elpidio había retrocedido hasta tropezar con la mampara de la cámara, se volvió a todos lados, como bestia acorralada que busca un camino por donde huir, y se precipitó hacia la izquierda subiendo por la escalerilla que conducía al puente de mando.

El "Ronco" subió tras él con agilidad simiesca que en nada menguaban sus heridas. Elpidio subió otra escalerilla y se halló en el último piso del puente de mando, ocupado solamente por la bitácora y la rueda del timón. Se volvió y miró a todos lados, no podía seguir huyendo. La cabeza del "Ronco" emergió por la escalerilla, luego el tórax, después la cintura. Ya estaba allí e iba sobre él.

—No "Ronco" yo no quise matarlo .... fue un accidente.

Y retrocedió suplicante hasta la barandilla del puente. Miró hacia abajo, si saltaba para el muelle seguro que se mataba, eran más de diez metros.

El "Ronco" se le encimaba, estaba perdido.

Solo le quedaba un recurso, se llevó las manos a la cintura y rápidamente se lanzó hacia delante, en su diestra resplandecía el gancho, agudo y siniestro.

— ¡Atrás, si te acercas te mato!

El "Ronco" se detuvo, después esbozó una mueca que dejó ver sus dientes blancos y apretados y se lanzó sobre él.

Elpidio tiró rápido el gancho hacia su adversario e hizo blanco en el pecho, el hierro penetró en sus músculos pectorales, pero Elpidio no pudo sacarlo para herir de nuevo. Unas manos de acero apretaron su garganta y soltó el gancho para tratar de librarse de aquellas tenazas que lo ahogaban. Pero ni aún la fuerza que da la desesperación de la muerte era suficiente para zafarse de aquellas manos que lo apretaban con fuerza asfixiante. Sus pupilas se dilataban, su rostro se congestionaba, la vida se le iba en segundos de muerte. Hizo un esfuerzo desesperado, pero solo logró echar un poco hacia atrás la cabeza. Un borbotón de sangre salió de su boca al tiempo que su cuerpo se desmadejaba sin vida.

El "Ronco" miró despreciativamente el cuerpo inmóvil que tenía entre sus manos, luego lo levantó y lo lanzó por sobre la barandilla del puente para que se estrellara contra el muelle, diez metros mas abajo.

Se inclinó sobre la barandilla para ver una vez más a su víctima, tendida sobre el cemento en macabra contorsión. Sonrió, pero casi al instante hizo una mueca de dolor llevándose las manos al pecho para arrancar el gancho que mordía su carne. Solo entonces se dió cuenta que estaba herido.

SOMBRAS GRISES

"Siempre sintió remordimiento por aquello. Su vida hueca, rota, vacía, le gritaba con furia ¿por qué no lo había hecho?

El sufría en silencio como el árbol grande y viejo al que sólo le queda la corteza y espera el golpe misericorde que lo derribe."

De súbito sus manos se crisparon, los músculos de su cuello se contrajeron y la respiración se le hizo anhelante. Ella se acercaba con paso rápido y el hombre, como una sombra en la luz del farol, la esperaba. Podía verlos perfectamente y cuando hablaran los oiría aúnque no necesitaba oírlos para saber lo que iban a decir, por lo menos lo que ella iba a decir y tal vez lo que el hombre le respondería; pero lo que no sabía era cómo reaccionarían sus almas torturadas, sacudidas en uno por la rabia y los celos, en otra por el temor y la furia.

Casi sintió en su brazo la presión de la mano del hombre cuando, proyectándose desde la sombra, la agarró y la detuvo en seco. Y la mirada de ella, instantánea de miedo, pero resignada después ante lo que no podía detener o esquivar, de frente a lo inevitable, sin poder ignorarlo siquiera y desafiante a pesar de todo.

Y sus nervios aumentaron aún más la tensión cuando el hombre llevó la mano a la faja, no precipitadamente, no con torpeza ni con vacilación, sino segura, firme y lentamente. La hoja brilló a la luz débil del farol y brilló una fracción de segundo en las pupilas de ella ....

Y entonces fue como si de repente el tiempo se hubiera detenido y luego, con velocidad vertiginosa, fantástica, irracional, hubiera empezado a retroceder, enrollándose, girando sobre sí mismo, cual bobina gigantesca que se recogiera absorbiendo y condensando días, meses, años.

Y entonces solo dos personas en éste pasado que un segundo antes era aquel presente y "él", él mismo, allí donde estaba el otro, en la misma actitud, con los mismos pensamientos.

Y "ella" su esposa, en el lugar de la otra, también en su misma actitud desafiante.

La sangre golpeándole las sienes, subiendo roja y caliente hasta los ojos, su brazo derecho en alto y la hoja afilada debajo de su puño, apuntando al pecho de ella y la otra mano apretándole el cuello blanco, níveo, delicado y cuando ya su brazo bajaba, o cuando el cerebro había ordenado al músculo el movimiento de bajar, ¡aquella voz! no suplicante o temerosa, sino desafiante, hostíl, escupiendo casi en su rostro aquel adjetivo que lo paralizó.

—¡Cobarde!

¿Cobarde yo? ¿Cobarde porque iba a matarla?

Ella merecía mil veces la muerte, sin duda, sin excusa, sin perdón alguno. Me había traicionado. No eran celos infundados o injustos, me había traicionado. No solo a mí, a él también, a nuestro hijo .... porque era nuestro hijo, hijo mío también, ... Y nos había traicionado, y lo confesó todo, hasta los más viles detalles, sin pudor alguno.

Por eso tenía que matarla, ahora cuando me importaba, no mañana cuando el tiempo mitigara el dolor y los bordes de la herida cicatrizaran, o cuando el olvido pusiera un disfraz de piedad al sentimiento de odio. No, tenía que ser ahora, cuando me dolía, cuando era un pedazo de mi propia carne, cuando aún, a pesar de todo, me sentía unido a ella, celoso y colérico por el desprecio y el ultraje.

Pero aquella voz, aquel grito, había paralizado mi brazo y aúnque yo le ordenaba bajar y herir no lo hacía. Ella me miraba a los ojos y sonreía, pero sin hablar, sin atreverse siquiera a pronunciar de nuevo aquella palabra que había detenido mi brazo, por temor tal vez a romper el tenso equilibrio de aquel instante supremo.

Y la hoja bajó, no para herirla, se desplomó cayendo sobre la acera, precipitándose en punta, como si todavía quisiera herir, hasta chocar con el pavimento, quebrándose en dos pedazos.

Ella huyó, no desafiante ahora, aterrida, llorosa, vacilante. A mis pies quedó la hoja rota, destrozada como mi vida, quebrada como mi honor de hombre, pero limpia de sangre, como mis manos, como la frente de él que ninguna culpa tenía.

*****

Las luces del cine se habían encendido. El público abandonaba la sala.

Una mano tocó al hombre que permanecía sentado y una voz juvenil, afable, un poco burlona, le dijo:

—Eh, papá, despierta, se acabó la función. ¿Te quedaste dormido ....?

El hombre lo miró con los ojos muy abiertos y la mirada ausente y se puso de pie.

El joven marchó delante con el porte airoso y atrevido de los veinte años.

Detrás el hombre, no viejo por los años, moviendo los labios como si rezara, regresando de nuevo al presente, unido solo al pasado por una palabra que repetía cada vez más débilmente .....

"Cobarde" .... "Cobarde". Pero dándole gracias a Dios porque no lo había hecho.

ATENTADO

Era como contemplar la imagen que devuelve el espejo, fría, callada, sin alma; pero, aúnque aquella cosa absurda le repugnara, era su propio ser.

Si, allí estaba. Por fin estaba allí. Ahora no podía volverse atrás. Aquel era el fin. ¿Cómo había llegado a él? No lo sabía, pero si sabía que había llegado. Y tenía miedo. Miedo por el acto en sí y por sus consecuencias. Y miedo también por su vida, acaso por ella más que por nada, o tal vez no; aúnque sabía que iba a perderla, ahora, de muerte súbita y violenta o más tarde, con más crueldad, torturado y maldecido por su conciencia hasta confesarse culpable, juzgado sin piedad por el remordimiento, condenado a vivir muriendo, lentamente, aplastando poco a poco los restos de dignidad que se agitarían, débilmente al principio, desafiantes al final, hasta verlos caer, uno a uno, hasta el último, para entonces, y solo entonces, poder morir.

Y por eso sentía miedo, sentía miedo.

Y el miedo a veces era rabia, una rabia sorda, impotente, cobarde.

¿Rabia sí, pero porqué? Sí, la sentía. ¿Contra quién? No lo sabía. Acaso contra ellos o contra si mismo. No contra "él". Seguramente no contra "él".

Y a veces era asco y sentía náuseas. La boca se le llenaba de saliva y tragaba, y volvía a tragar, entonces tenía más náuseas y creía que iba a devolver todo lo que no había comido

Luego el asco y la rabia palidecían y el miedo los dominaba y se imponía y cesaban todas las otras sensaciones y entonces solo era eso: Miedo, Miedo ....

La sangre le quemaba las sienes y un sudor frio le empapaba la frente y el cuello y las axilas y la palma de las manos. El corazón le golpeaba con fuerza, con furia, sofocándolo; tendiendo ante sus ojos un manto rojo salpicado de estrellas.

Sin embargo, no debía, no podía dar señales de eso. Ellos dos lo observaban al parecer casi con indiferencia, en miradas cortas y rápidas; otras veces en miradas lentas y escrutadoras y tenía que copiar sus miradas y sus gestos para devolverles la misma imagen, para que no sospecharan, para que no descubrieran el Yo cobarde, el Yo aterrido, el Yo angustiado que hacia temblar su carne, pues de ello dependía ahora su vida.

Y los minutos transcurrían uno a uno, lentamente, y el momento, aúnque inminente ya, no llegaba aún. Los segundos muertos formaban un rosario interminable, largo y solemne, agobiante y amargo, que se enroscaban a su cuerpo, ciñéndolo, limitando sus movimientos, obligándolo a una quietud exterior ajena y forzada al mismo tiempo que su inquietud aumentaba y allá dentro gemía, atemorizada y oprimida, pero rebelde y no vencida; hasta que lograba escapar a través de sus pensamientos, no hacia el presente, no hacia el futuro, hacia el pasado en una dirección fija y constante, en una trayectoria fatal que huía para confundir o negar el presente, o tal vez solo para ignorarlo.

Entonces era cuando pensaba en "él". Y era la segunda vez que pensaba en "él" por sí mismo, a la inversa, porque siempre los pensamientos venían de "él" y pasaban a través de su mente por un camino conocido y libre de obstáculos, ordenando y disponiendo, haciendo uso completo de aquel poder que había subyugado y doblegado su voluntad hasta convertirla en el instrumento adecuado para realizar todos sus deseos.

Pero ahora era él, Carlos Dávila, quien pensaba de modo propio, con libre albedrío para estudiar y tal vez juzgar, si se atreviera a tanto, en aquel momento decisivo a que había sido empujado por "él".

Solamente una vez se había atrevido a pensar así, más aún a expresar su pensamiento ante "él". Más aún todavía, a contradecirlo.

—"Tienes una hermana muy bonita, a veces siento deseos de poseerla" —le había dicho "él" en aquella ocasión.

—"No lo harás, todo menos eso" —le había respondido, después de varios minutos de silencio, de terrible lucha interior, dirigiéndose a "él" como lo haría un hombre libre a otro, agigantando su estatura, poniendo en sus palabras todo el énfasis de una resolución invencible, de un acto de voluntad supremo y desesperado, ciego e irracional, capaz do todo.

Y "él" no respondió.

Después sintió como "él" se ponía de pie y mirándolo desde arriba, con superioridad y desprecio absoluto, le decía:

—"Si yo quisiera".

Pero "él" no había querido.

Solo aquella vez su pensamiento se había rebelado y tal vez había triunfado sobre "él" porque nunca más había hecho referencia a aquello.

Pero quizás no había triunfado como él pensaba y quería. La duda se había clavado como un cuchillo afilado en su cerebro. Tal vez "él" no había querido.

Aquel acto de rebeldía y de posible triunfo se había convertido en una duda obsesionante y cruel que había doblegado aún más su débil voluntad. Y entonces su mente huía de pensar en aquello y se refugiaba en recuerdos más gratos y más lejanos, de su juventud de estudiante en las aulas del Instituto y de la Universidad.

Y recorría en síntesis apretada los primeros años de estudio y dedicación, mientras su padre vivió y luego los otros de vida disipada y amistades banales en que gastaba las horas que debía emplear en el estudio para recompensar siquiera el esfuerzo tenaz que hacia su pobre madre, luego su hermana Hortensia, para costearle una carrera.

Después insensiblemente se hundía en otros recuerdos sin poder huir de ellos porque tenían un relieve profundo, una marca indeleble, porque separaban con un ancho foso los años felices y alegres de su primera juventud, de los años tristes y sin rumbo que empezaron con aquellas luchas, que al principio eran como un juego o un pasatiempo, o quizás una manera fácil de obtener aprobadas unas asignaturas por la fuerza y la coacción que ejercían en ciertos profesores pusilánimes un carnet de Delegado o miembro de una facción estudiantil.

Mas tarde, ya de lleno en la lucha, perdido en lo que no era ni nunca podría ser, arrastrado por la corriente impetuosa y sin freno en que se precipitaban algunos, marcando su tiempo el reloj de un gobierno corrupto, oprimido entre las pasiones y luchas de grupos rivales en los que se refugiaban elementos de la peor especie, hombres sin fe y sin ideales, de garras afiladas prestas siempre a desangrar, sobornados y mantenidos a costa de prebendas ministeriales por políticos sin escrúpulos, corrompidos y malditos por la ambición, el lucro y el crimen. Allí mezclado con aquellos que nada perdían, porque nada podían perder, dejándose arrastrar cada día un paso más hacia el abismo, iba hundiéndose, sin saberlo casi, o sin importarle tal vez, sacrificando su condición de estudiante, sus ideales, el respeto de sus semejantes, el respeto a si mismo y sin duda alguna su salvación.

Y por fin había llegado al último peldaño en su descenso vertical, al último y más negro refugio donde su alma se ocultaba por completo a los ojos de Dios.

Allí, a pocos pasos de él, estaría aquel hombre, su semejante, su prójimo, aquel a quien la ley divina ordenaba "amar como a ti mismo."

Sí, por aquella puerta tenía que salir y tomar el carro negro que lo aguardaba y luego, cuando estuviera en el paseo del Malecón, habría llegado el momento supremo.

Y entonces ya no podría pensar en Dios, porque iba a crucificarle, porque iba a burlar y escarnecer su quinto mandamiento.

¿Pero, por qué lo hacia? ¿Por qué?

¿Cual era la fuerza que lo impulsaba a rebelarse contra la ley de su propio Dios?

No la sabía. Sentía que tenía que hacerlo, pero no podía explicarse por qué. Acaso lo impulsaba el odio, la venganza, acaso lo hacía como un recurso desesperado para salvar su vida, o tal vez llevado por el deseo morboso e incontenible, irracional y repulsivo, de bucear en el fondo del abismo. ¿Era eso? ¿Era eso?

No, no era eso. No podía ser eso.

Eran solo las circunstancias diabólicas que se habían conjurado en su contra, acosando su voluntad débil y enfermiza hasta lanzarla en las garras de "aquel hombre", aquella sombra funesta que eclipsaba su vida, aquel amo y señor de sus pensamientos y acciones; "aquel" a quien no se atrevía a juzgar, al que no sabía si amaba u odiaba, "aquel" al que había puesto por encima de Dios, puesto que por "él" estaba dispuesto a atentar contra Dios.

*****

Y sucedió.

Rápido, preciso, siniestramente efectivo.

Fue ejecutado sin vacilaciones, sin obstáculos, con una mecánica diabólicamente perfecta.

*****

Y ahora los momentos volvían a transcurrir lentamente, sin la tensión creciente de aquellos otros de escasamente una hora atrás, pero más lentos, más tristes, más negros.

Aquella casona del Vedado que ahora les servía de refugio, cerrada herméticamente, oscura y sofocante, con resonancias ajenas e inquietantes que le producían estremecimientos de miedo, le parecía un lugar irreal y fantástico, fuera del alcance de sus sentidos.

Pero no, allí estaba, presente en su desdicha, para ver y oír todo.

Las dos hombres, los dos mismos de antes, los dos de ahora, tal vez los dos para siempre, sentados frente a la mesa con las botellas de cerveza en las manos. Las armas tiradas sobre el sofá. Y aquel bombillo encendido que le molestaba la vista pero que le fascinaba y le atraía y del cual no quería apartar los ojos porque le obsesionaba, le ataba y al mismo tiempo lo libraba de los pensamientos que le daban vueltas y que de un momento a otro llegarían después de aquello que había hecho y en lo cual no quería pensar.

Pero uno de los hombres se levantó y cerró el refrigerador. Y el bombillo se apagó ante su vista y solo quedó una lucecita que subía lentamente, opacándose.

Y entonces oyó la voz monótona del locutor de la emisora. El tic-tac acompasado que servía de fondo a las noticias y los anuncios.

65

Y de pronto la señal telegráfica que anunciaba la noticia de última hora.

Y los rostros ansiosos de los hombres que se volvían hacia el radio.

Y el rostro suyo que se metía entre ellos para escuchar con los ojos, con la nariz, con los labios, aquella noticia que hería el aire penetrando en sus oídos.

"Radió Reloj informando ..... "

"Hace unos momentos fue objeto de un atentado por personas desconocidas el representante a la Cámara Dr. Humberto Morales. El Dr. Morales fue conducido al Centro de Socorros de San Lázaro a donde llegó cadáver. Su chofer fue trasladado al hospital Calixto García en gravísimo estado. El hecho se produjo frente al Parque Maceo cuando el automóvil en que viajaban el legislador y su chofer se dirigía al Vedado por el Paseo del Malecón. Los agresores, que tripulaban un Cadillac negro, se acercaron a gran velocidad y al pasar junto al auto del Dr. Morales abrieron fuego con ametralladoras."

"El auto del legislador perdió el control y se precipitó contra un automóvil de alquiler que iba en la misma dirección, proyectándose ambos autos contra el muro del Malecón. El auto de alquiler era conducido por Juan Mayena Alvarez, que milagrosamente resultó ileso, y en el mismo viajaban la señorita Hortensia Dávila Jiménez, que falleció en la Casa de Socorros a consecuencia de las lesiones sufridas en el choque, y la Sra. Matilde Jiménez Vda. de Dávila, que recibió graves lesiones y fue remitida a una clínica particular."

"El auto de los agresores huyó a gran velocidad y ....."

*****

Carlos Dávila miraba el radio sin escuchar ya, con la mirada fija, perdida en el vacío.

Luego se irguió lentamente, sin conciencia de lo que hacía. Después, con ademán reposado, tranquilo, automático, se dirigió a la puerta.

— ¡Eh!, ¿a donde va ese? —gritó uno de los hombres.

Y fueron tras él.

El ya estaba en la puerta de la calle, franqueándola, muy sereno, muy tranquilo.

— ¿A donde vas? .... ¿estás loco? —le gritó uno de ellos a su espalda.

Pero él siguió caminando, sin volver la cabeza, sin oír, sin hacer ningún caso.

—Regresa .... Te digo que regreses .... ¡Maldito!

Ya estaba en la acera sombreada por los árboles, sus pasos se hundían en el césped verde y suave.

— ¡Mátalo! .... ¡Mátalo! —gritó histéricamente uno de ellos.

Y dos estampidos violentos llenaron la tarde, y decenas de pajarillas negros abandonaron su refugio en los árboles, aleteando sordamente.

El portal de la casona se llenó de un humo azulado que se disipó rápidamente y un olor acre y fuerte envolvió la calle.

Carlos sintió dos lanzadas de fuego en la espalda y la violencia del impacto lo arrojó hacia delante y lo hizo caer de rodillas en medió de la calle y su cuerpo se dobló como en una oración suprema y luego resbaló, suavemente, ladeándose, hasta reposar sobre un costado, apoyada la mejilla contra el asfalto caliente. A través de los ojos velados por las lágrimas vió el contén de la acera de enfrente que parecía un muro muy alto, insalvable, y luego los árboles cuyas copas no alcanzaba a distinguir.

Sintió que su cuerpo se convulsionaba y una masa de fuego le subió a la garganta y le llenó la boca, y los labios se abrieron y un buche de sangre tiñó el pavimento.

Entonces le pareció, como en sueños, que alguien se acercaba, no podía verlo bien, pero se acercaba ....

Quiso verlo. Hizo un esfuerzo supremo y consiguió separar la cara del asfalto y miró entre las lágrimas que empañaban sus ojos y humedecían sus pestañas ....

Y entonces lo vió.

Era "él".

"Él", que venía en sus últimos instantes, en el momento preciso de su cita con la muerte.

Le sonrió entre hilos de sangre, porque sabía que ya era la última vez que lo vería, porque al fin se había librado de él, ya no le temía, era libre, libre .....

Pero "él" se acercaba, se acercaba cada vez más
.....

Y contempló estremecido de espanto come "él" se arrodillaba primero y luego se acostaba a su lado y apoyaba la mejilla en el asfalto y como su cuerpo se iba desvaneciendo, se iba transformando. Y como aquella masa incorpórea se acercaba a él cada vez más. Y llegaba junto a él, y se fundía con él en un solo cuerpo, en un solo ser.

PATINES

En éste relato hay algo extraño, ajeno, irreal, pero yo sé que hay una explicación lógica para ello.

Cuando el transporte de guerra, sucio, cansado, lleno de humo, atracaba al Espigon No. 3, el vocerío ensordecedor que partía del barco y del muelle, la sirena del buque, el ruido de las máquinas y los compases estridentes de la Banda Militar de bienvenida, eran capaces de atolondrar a cualquiera.

El soldado J..... acodado en la barandilla del buque miraba con indiferencia lo que sucedía a su alrededor. No compartía la alegría de sus compañeros, ni la de los familiares y amigos que esperaban en el muelle, agitando brazos y paraguas, exhibiendo pañuelos, lágrimas y sonrisas; felices y contentos por el regreso al hogar de los seres queridos después de aquella campaña en Europa.

Un par de horas mas tarde el soldado caminaba por las aceras de la ciudad, extraviado en el laberinto de sus calles, hosco y malhumorado, sin tener idea de donde ir. Todos los hoteles estaban llenos, por lo menos los cuatro o cinco que había visitado, ahora buscaba una casa de huéspedes donde le alquilaran un cuarto para descansar unos días hasta que le llegara la orden de licenciamiento.

Caminó varias cuadras bajo el sol agotador y el peso de las maletas que constantemente tenía que arrancar de los brazos ávidos de los chiquillos empeñados en llevárselas, disputando entre sí, y mofándose de él cuando los apartaba con ademán brusco. Al llegar a una esquina vió en la acera de enfrente una casa de huéspedes de tres pisos y cruzó la calle dirigiéndose a ella, pero al hacerlo sintió un golpe en la espalda, perdió el equilibrio y, sin saber como, se encontró tendido en medio de la calle, las maletas por el suelo y con un chiquillo de diez o doce años, no menos sorprendido, encaramado sobre él tratando a toda prisa de incorporarse y rodeado por una turba de muchachos de la misma edad que reían y daban vueltas a su alrededor montados en patines.

Renegando, apartó al chiquillo y se puso de pie, recogió la maleta que tenía más cerca y fue a buscar la otra, pero uno de los pillos se le adelantó, la cogió y empezó a patinar en torno suyo sin dársela. Pronto se unieron los demás a la broma y a los pocos instantes todos patinaban a su alrededor, pasándose la maleta unos a otros, tirándole de los faldones de la chaqueta, formando una gritería infernal que atrajo a todo el vecindario. Después de algunos momentos de regocijo por parte de los vecinos, algunos de ellos se mezclaron a la turba y sacaron a los pillastres cogidos por un brazo o una oreja y a los pocos instantes se había restablecido la calma. El soldado recuperaba sus maletas y las palmas diligentes de algunos vecinos le sacudían el polvo de las espaldas y de los pantalones y otros le pedían disculpas por la malacrianza de los chiquillos.

Mortificado y colérico, se desprendió de ellos y entró en la casa que buscaba.

Esa noche, ya instalado en una habitación de la casa de huéspedes, con cortinas descoloridas y muy pocos muebles, se paseaba intranquilo por la estancia deteniéndose a cada momento frente a la ventana que daba a la calle, tratando de llevar a sus pulmones una bocanada de aire fresco.

La noche estaba tan calurosa que gruesas gotas de sudor se desprendían de su frente y sentía el cuello húmedo y pegajoso.

Deseaba acostarse pero temía que el calor no lo dejara dormir. Cogió una silla, la puso frente a la ventana y se sentó en ella, al revés, poniendo los brazos sobre el respaldo.

Vigilaba con ansiedad las cortinas desteñidas, salpicadas de rombos anaranjados, que pendían fláccidas a los lados del marco, con el vano deseo de verlas agitarse por un soplo de brisa. Estropeado por el cansancio y el sueño los ojos se le cerraban y cabeceaba a menudo. Después de un rato optó por acostarse. Se desnudó, apagó la luz, y se metió en la cama.

Pero los minutos pasaban y no podía conciliar el sueño. Constantemente variaba de posición pues la colchoneta de la cama se calentaba como un horno con el calor del cuerpo. Volteó dos o tres veces la almohada y por último la arrojó contra un ángulo de la habitación y se sentó al borde de la cama, con los codos apoyados en las rodillas y la cabeza entre las manos.

Se pasó varias veces el pañuelo por la frente y el cuello. Estaba intranquilo y nervioso.

So levantó y encendió la luz, dio dos o tres vueltas por la habitación y luego fue al closet, sacó una maleta y de su interior tomó una botella. La descorchó y fue a la repisa que había sobre el lava-manos, cogió un vaso, y se sirvió un buen trago.

Entonces apagó la luz y volvió a sentarse frente a la ventana por la cual entraba una débil claridad.

Al poco rato se sirvió otro trago y dejó la botella y el vaso en el suelo, cruzó los brazos sobre el respaldo de la silla y apoyó en ellos la cabeza.

Pensó: "—No voy a tomar mas, me dará mas calor; además bastantes lios me ha traído la bebida".

Se secó el sudor de la frente con el antebrazo y siguió pensando, esta vez en voz alta:

"—La guerra me enseñó a beber .... ¿qué iba a hacer cuando estaba con licencia si tal vez fuera la última?".

Luego pensó en su casa. "—Que hora sería allá se preguntó," pero luego se encogió de hombros.

"—Qué importa la hora si el viejo siempre estaba borracho". Y le parecía verlo sentado en un sillón desvencijado junto a la chimenea semiapagada, empuñando su garrafón de ginebra, dándose tragos sin cesar, sacudido por los accesos de tos asmática que lo dejaban medio ahogado.

"—A lo mejor ya se murió, cinco años sin saber de él ..... en ese tiempo puede suceder cualquier cosa".

Y volvió a servirse otro trago.

"—Quizás yo sea tan borracho como el viejo" —dijo en voz alta—. Luego se exoneró a si mismo, echándole la culpa a la guerra y prometiéndose no volver a beber otra vez.

"—Bueno, cuando so acabe ésta botella."

Cogió la botella, la acarició y la acunó en sus brazos, luego la puso frente a la claridad que entraba por la ventana para ver su contenido y se tomó otro trago.

Empezaba a sentirse en ese estado de euforia y felicidad que precede a la embriaguez. Ya casi no sentía calor y tenía ganas de bailar. Se sirvió otro trago, se puso de pie con el vaso y la botella en las manos y dió dos o tres vueltas de vals por la habitación.

De pronto se detuvo, se dio cuenta que estaba desnudo. Se puso el pantalón del pijama y volvió a sentarse en la silla.

Ahora si tenía sueño. Se tomó un último trago y medio tambaleante fue hasta la cama y se tiró en ella. A los pocos instantes dormitaba.

No habían transcurrido veinte minutos cuando se levantó de un salto.

—Rayos, los granujas han vuelto —gritó.

—Malditos —y levantó el puño amenazando el techo.

A través del techo de la habitación se filtraba un ruido inpreciso procedente del piso superior.

— ¡Cállense! —gritó con voz ronca— no patinen más.

Pero el ruido seguía, martillándole el cerebro. Dió dos vueltas por la habitación levantando a cada instante la vista hacia el techo. Tropezó con el vaso que había dejado en el suelo y de un puntapié lo hizo añicos. Encendió la luz. Cogió la botella que estaba cerca de la silla y se dió un largo trago. Volvió a mirar con furia el techo de la habitación.

—"¡Ya! ¡Ya!.... no patinen mas" —gritó suplicante poniéndose las manos en los oídos.

Siguió dando vueltas por la habitación como si se encontrase encerrado y quisiera huir, después se detuvo, estaba temblando de cólera.

Pensó un momento, luego puso una silla en medio de la habitación y se subió en ella. Enarbolando otra silla en las manos y haciendo esfuerzos por no caerse golpeó con la silla el techo.

— ¡Cállense ya, suelten esos malditos patines!

Y golpeó el techo con renovada furia hasta que perdió el equilibrio y cayó al suelo.

El ruido de la habitación superior cesó de repente.

Y él, en el suelo, murmuró con alivio:

—"Se callan, ya se callan, ya no patinan más — y suspiró jadeante apoyando la cara contra el piso y sollozando.

Pero a los cinco minutos el ruido volvió.

Se estremeció como si una corriente eléctrica hubiera pasado por su cuerpo. Se puso las manos en la cabeza tapándose los oídos, dio varias vueltas por el suelo y al fin se incorporó gritando y suplicando al mismo tiempo.

— ¡No patinen más por favor, no patinen más!.... ese ruido me vuelve loco. ¡Dios mio, me vuelve loco!

Y se apoyó en una de las paredes y la golpeó con los puños y la frente.

Pero el ruido no cesaba.

Tenía el rostro congestionado por el alcohol y la ira. Temblaba, jadeaba, a veces rugía. Sudaba copiosamente.

Se agachó al lado de la maleta, la abrió y empezó a buscar algo en ella.

Sacó todo lo que contenía, la vació regando las cosas por el suelo. Arrodillado junto a ella, frecuentes espasmos crispaban sus manos le retorcían el cuello y le crispaban el rostro.

Furia, rabia y alcohol eran fuerzas que se agitaban en su ser azotadas sin piedad por el monstruo de la locura.

Estaba extrañado de no encontrar lo que buscaba. Por un momento un destello de lucidéz iluminó su rostro, pero fue un brevísimo instante, levantó la maleta y la arrojó contra la pared. Fue hasta la repisa que estaba sobre el lava-manos, de un manotazo tiró la pasta de dientes, el jabón, la brocha de afeitar, al fin encontró lo que buscaba y blandiéndola, abrió la puerta y salió al corredor gritando:

¡Ahora me la pagaran malditos patines!

*****

Al día siguiente, por la mañana temprano, la casa de huéspedes del barrio italiano estaba rodeada de vecinos y curiosos. Las mujeres parloteaban entre si y los hombres se hacían eco del comentario de las mujeres cambiando impresiones en voz baja y cualquier noticia procedente del interior culebreaba como serpiente entre ellos, aumentada y corregida por cada uno, hasta llegar, desfigurada por completo, a los últimos.

Dos hombres cubiertos con impermeables salieron de la casa, uno de ellos dió breves órdenes al policía que estaba en la puerta, saludó éste y se internó en la casa.

Después, volviéndose a su compañero, sacó una cajetilla de cigarrillos y se puso uno en los labios.

El otro se apresuró a darle lumbre.

—Fue un brutal asesinato sin motivo aparente —dijo aspirando con fruición el humo del cigarrillo. ¿Quién podría tener interés en asesinar a esa anciana medió sorda sin familia y sin dinero?

—Y además medió loca. A veces se ponía a coser en su máquina a altas horas de la noche —replicó el otro.

Su interlocutor quedó unos instantes pensativo. Luego, como expresando un pensamiento en voz alta, exclamó:

—Estoy por creer que hay alguna relación entre esto y lo del Parque Central.

— ¿Lo de ésta madrugada?

—Si, tal vez ese hombre que apareció en el parque degolló a la anciana y luego se suicidó.

— ¿Remordimiento? —preguntó el otro con una sonrisa escéptica.

—Todo es posible. Pero hay una cosa que me tiene intrigado y que no acierto a explicarme. ¿Ud. llegó a ver al suicida?

—No Inspector.

—Pues lo encontramos colgado de un farol, semidesnudo, con el pantalón del pijama solamente.

— ¿Y qué es lo que Ud. no se explica?

—Que el hombre tenía puesto un par de patines.

PERFIL DEL AUTOR

El autor desde temprana edad empezó a escribir cuentos cortos que publicó en revistas y periódicos. Sus cuentos "La Lingada" y "Atentado" fueron premiados en los concursos anuales de la Federación Nacional de Escritores de Cuba. En 1957 publicó su primer libro de cuentos. En 1958, en unión de Francisco Chofre y José Jorge Gómez, fundó la revista literaria "Presencia." En 1960 cuando la revolución de Fidel Castro se convirtió en un régimen comunista, decidió abandonar Cuba. En 1961 se exiló in Venezuela donde vivió varios años y escribió articulos para el periodico "El Universal" de Caracas denunciando la comunización de Cuba. En 1967 emigró a los Estados Unidos donde actualmente vive. En Los Angeles, publicó varios cuentos en las revistas "Realidades" y "Panorama" y mantuvo una columna, por varios años, en el periódico "La Prensa de Los Angeles" sobre temas de política internacional. El volumen II de sus cuentos se publicará a mediados del año 2006.

Como dice el autor "estos cuentos no son históricos, costumbristas o románticos" .... menos aún pretenden tener un contenido político ó social.

Son cuentos de personas como las que tal vez usted conozca, ó como un amigo suyo, acaso un familiar, que vivieron en la ciudad que usted nació ó vive ahora.

Al leer éstos cuentos es posible que usted se identifique con algun protagonista y sienta piedad por él, ó tal vez odio ó repulsa. Pero todos dejarán en usted una sensible impresión.

Printed in the United States
62898LVS00005B/9